Play Lady
La Señora Juguetona

by/por Eric Hoffman
illustrated by/ilustrado por Suzanne Tornquist
translated by/traducido por Carmen Sosa Masso

Redleaf Press

Printed in Singapore

Published by: Redleaf Press
              a division of Resources for Child Caring
              450 North Syndicate, Suite 5
              St. Paul, MN 55104

Distributed by: Gryphon House
                 Mailing Address:
                 P.O. Box 207
                 Beltsville, MD 20704-0207

Library of Congress Cataloging-in-Publication Data

Hoffman, Eric, 1950–
    Play Lady / written by Eric Hoffman ; illustrated by Suzanne
Tornquist ; translated by Carmen Sosa-Masso = La Señora Juguetona /
escrito por Eric Hoffman ; ilustrado por Suzanne Tornquist ;
traducido por Carmen Sosa-Masso.
    p.   cm. – (Anti-bias books for kids)
    Summary: When Play Lady's garden, a place where children play, is
vandalized in a hate crime, the children help the whole neighborhood
restore the damage.
    ISBN 1-884834-61-2
    [1. Prejudices—Fiction. 2. Vandalism—Fiction. 3. Gardens-
-Fiction. 4. Spanish language materials—Bilingual.]
I. Tornquist, Suzanne, ill. II. Sosa-Masso, Carmen. III. Title.
IV. Title: La Señora Juguetona. V. Series.
PZ73.H628   1999
[E]—dc21   99-13778
                                        CIP

For my Play Lady, Lisa
Para Lisa mi Señora Juguetona
—Eric Hoffman

For Michael,
whose love and support has allowed me
to open doors I never dreamed I'd enter

Para Michael,
cuyo amor y apoyo me ha permitido abrir puertas, por las cuales
nunca pensé o soñé que podría entrar
—Suzanne Tornquist

Miguel lived on Bay Street in a big house with a small yard. His next-door neighbor lived in a small house with a big yard. Her name was Jane Kurosawa, but everyone called her Play Lady.

Miguel vivía en la Calle Bay en una casa grande con un patio chico. Su vecina vivía en una casa pequeña con un patio grande. Su nombre era Jane Kurosawa, pero todos la llamaban la Señora Juguetona.

Play Lady loved mud almost as much as Miguel did. She let him and his friends make a river, right in her yard.
"Can we jump in?" Miguel asked.
"Take off your shoes first," she said.

A la Señora Juguetona le gustaba el lodo tanto como a Miguel. Ella dejaba que él y sus amigos hicieran un río en su patio.
"¿Podemos saltar?" preguntó Miguel.
Ella contestó, "Primero quítense los zapatos."

MUD RIVER

While the children played in the mud, Play Lady played in her garden. She was always growing something. Green beans. Yellow roses. Purple plums.

"Can we eat some peas?" asked Miguel's friend Nate.

"Wait until they're ripe," she said.

Mientras los niños jugaban en el lodo, la Señora Juguetona jugaba en su jardín. Siempre estaba cultivando algo. Habichuelas verdes. Rosas amarillas. Ciruelas moradas.

"¿Podemos comer los guisantes?" preguntó Nate, el amigo de Miguel.

"Espera a que estén maduros," le contestó ella.

But Play Lady's garden had more than just vegetables and flowers. She made a place for every treasure the children found. Cracked dishes. Broken dolls. Miguel's rusty truck.
"Can I put this clock in the tomatoes?" Kayla asked.
"Don't step on the seedlings," she said.

Pero el jardín de la Señora Juguetona tenía más que vegetales y flores. Ella hacía un lugar para cada tesoro que los niños encontraban. Platos rotos. Muñecas rotas. El camión oxidado de Miguel.
"¿Puedo poner este reloj en los tomates?" preguntó Kayla.
"No pises las semillas," le contestó ella.

Play Lady even found space for the power castle. The children built it with branches and boards and old tires and rope.
"Can I use the hammer?" Mandy asked.
"Wear the safety goggles," she said.

La Señora Juguetona les encontró un lugar para el castillo poderoso. Los niños lo construyeron con ramas, tablas, llantas viejas y soga.
"¿Puedo usar el martillo?" preguntó Mandy.
"Usa las gafas de seguridad," le contestó ella.

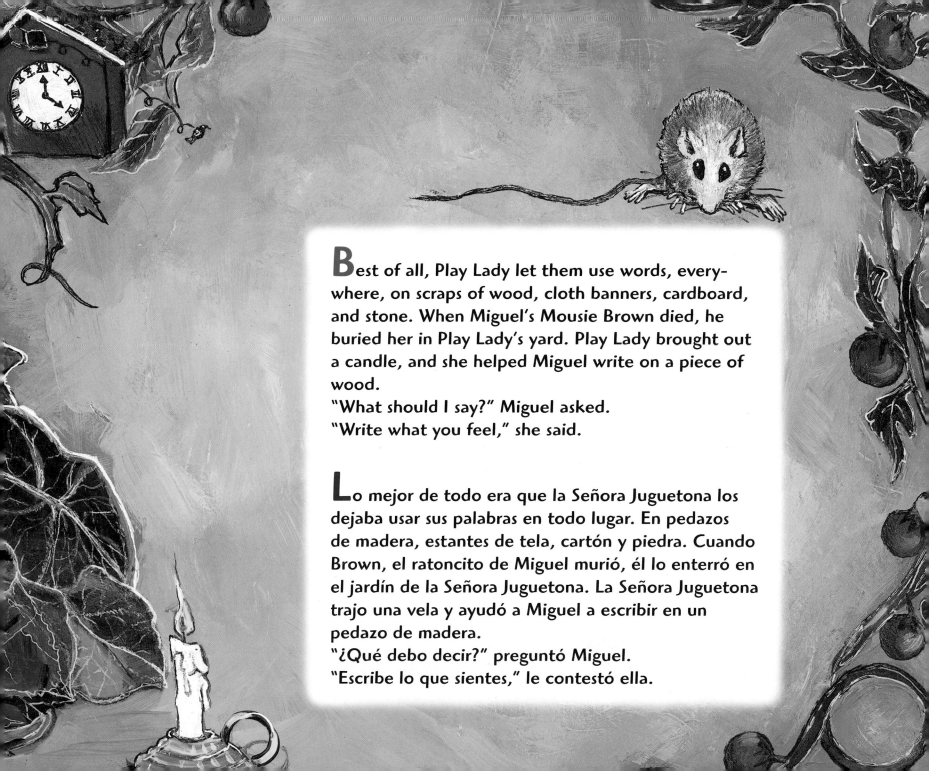

Best of all, Play Lady let them use words, everywhere, on scraps of wood, cloth banners, cardboard, and stone. When Miguel's Mousie Brown died, he buried her in Play Lady's yard. Play Lady brought out a candle, and she helped Miguel write on a piece of wood.
"What should I say?" Miguel asked.
"Write what you feel," she said.

Lo mejor de todo era que la Señora Juguetona los dejaba usar sus palabras en todo lugar. En pedazos de madera, estantes de tela, cartón y piedra. Cuando Brown, el ratoncito de Miguel murió, él lo enterró en el jardín de la Señora Juguetona. La Señora Juguetona trajo una vela y ayudó a Miguel a escribir en un pedazo de madera.
"¿Qué debo decir?" preguntó Miguel.
"Escribe lo que sientes," le contestó ella.

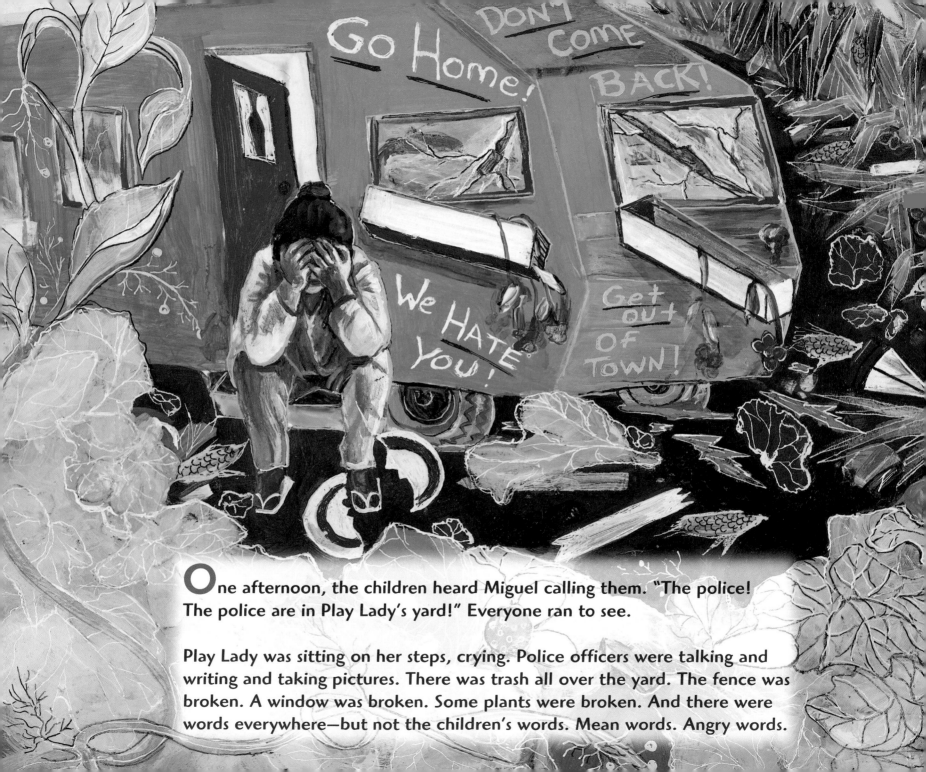

One afternoon, the children heard Miguel calling them. "The police! The police are in Play Lady's yard!" Everyone ran to see.

Play Lady was sitting on her steps, crying. Police officers were talking and writing and taking pictures. There was trash all over the yard. The fence was broken. A window was broken. Some plants were broken. And there were words everywhere—but not the children's words. Mean words. Angry words.

Una tarde, los niños escucharon que Miguel los estaba llamando. "¡La policía! La policía está en el patio de la Señora Juguetona." Todos corrieron a ver.

La Señora Juguetona estaba sentada en los escalones llorando. La policía estaba hablando, escribiendo y tomando fotos. Había basura en todo el patio. La cerca estaba rota. Una ventana estaba rota. Algunas plantas estaban rotas. Y habían palabras escritas por todos lados—pero no palabras de niños. Palabras malas. Palabras de ira.

Who did it?" asked Nate.

"Nobody knows," said Miguel.

"Why did they do it?" asked Mandy.

"I guess they never had a Play Lady of their own," said Kayla.

"It's still not fair," said Miguel. "They didn't have to hurt ours."

Q uién lo hizo?" preguntó Nate.
"Nadie sabe," dijo Miguel.
"¿Por qué lo hicieron?" preguntó Mandy.
"Quizás nunca han tenido su propia
Señora Juguetona," dijo Kayla.
"Aún, no es justo," dijo Miguel. "No
tenían derecho a lastimar la nuestra."

After the police left, the children sat on the stoop with Play Lady. They held her hands and hugged her, and they cleaned up some of the trash. "I can't stay here with the window broken," she said. "I'm going to stay with my son for a few days." Then a man came and she drove away with him in his car.

Después de que la policía se fue, los niños se sentaron en las escaleras con la Señora Juguetona. Le tomaron la mano y la abrazaron. Limpiaron algo de la basura. "No puedo quedarme aquí con la ventana rota," ella dijo. "Me voy a quedar con mi hijo por unos días." Luego llegó un hombre y ella se fue con él en su automóvil.

The children watered the plants that were still whole. Then they didn't know what else to do. So they all squeezed into the power castle.
"We should catch them and put them in jail," Kayla said.
"We should make Play Lady a new garden," Nate said.
"We should build her a new home," Mandy said.

Los niños regaron las plantas que no estaban rotas. Luego no sabían qué más hacer. Así que todos entraron apretadamente en el castillo poderoso.
"Debemos atraparlos y ponerlos en la cárcel," dijo Kayla.
"Debemos hacerle a la Señora Juguetona un jardín nuevo," dijo Nate.
"Debemos construirle una casa nueva," dijo Mandy.

At dinnertime, Miguel's Tia Carolina came looking for him. Then Kayla's daddy came, and Mandy's big sister Allie, and Nate's Mamma Jean. But the children were too sad to leave.

That's when Miguel had his idea. He whispered it to his friends, and they all agreed. "Tell the grown-ups," he said, as everyone left.

A la hora de la cena, Carolina, la tía de Miguel, vino a buscarlo. Luego vino el papá de Kayla, Allie la hermana mayor de Mandy, y Jean la mamá de Nate. Pero los niños estaban muy tristes para irse.

Entonces fue que Miguel tuvo su idea. El se la susurró a sus amigos y todos estuvieron de acuerdo. Según se iban yendo les dijo que se la contaran a los grandes.

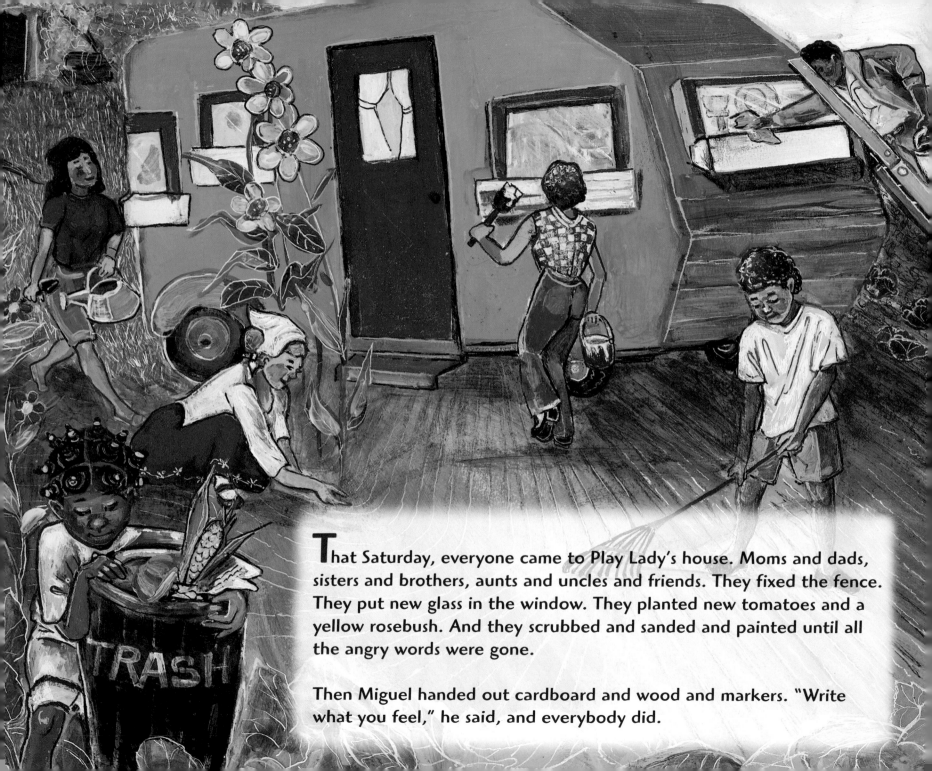

That Saturday, everyone came to Play Lady's house. Moms and dads, sisters and brothers, aunts and uncles and friends. They fixed the fence. They put new glass in the window. They planted new tomatoes and a yellow rosebush. And they scrubbed and sanded and painted until all the angry words were gone.

Then Miguel handed out cardboard and wood and markers. "Write what you feel," he said, and everybody did.

Ese sábado todos fueron a la casa de la Señora Juguetona. Madres y padres, hermanas y hermanos, tías, tíos y amigos. Arreglaron la cerca. Le pusieron un vidrio nuevo a la ventana. Sembraron nuevas plantas de tomates y una mata de rosas amarillas. Restregaron, lijaron, pintaron hasta que todas las malas palabras desaparecieron.

Luego Miguel trajo cartulina, madera y marcadores. "Escriban lo que sientan," les dijo, y todos lo hicieron.

When Play Lady came home on Sunday, the children were waiting
for her at the gate. They all walked into the garden together.
"What should we do now?" Miguel asked.
"Play," she said. "Just play."

Cuando La Señora Juguetona regresó el domingo, los niños la
esperaron en la puerta del jardín. Todos entraron al jardín juntos.
"¿Que debemos hacer ahora?" preguntó Miguel.
"Jueguen," les contestó ella. "Sólo jueguen."

A Note to Parents, Teachers, and Other Caregivers

Can you remember an adult from your childhood who made a difference in your life? It might have been a teacher, a neighbor, a relative, or a family friend who took the time to pay attention to your needs, support your creativity, listen to your ideas, and help you learn. By sharing her love for the outdoors with children and helping them write down their ideas and feelings, Jane Kurosawa has made a difference. When she is the one who needs help and attention, the children know exactly what to do.

We can teach children to make the world a safer, caring place, or we can teach children to live in fear of others when something goes wrong. What can you share with children that will help them feel part of a community? Here are some ways you can use the ideas in *Play Lady* at home or in the classroom:

◆ Helping children help others is one of the best ways to raise their self-esteem. What can you do with children to help neighbors, friends, or other children? Among other things, young children can cook, clean, draw pictures, tell stories, and make presents.

◆ When children have something they want to say, help them write it down. Where can they put up their stories and signs?

◆ Ask children questions about feelings. For example, you might ask
     How did Play Lady feel when her yard was vandalized?
     How did she feel when the children helped her repair her yard?
     Have you ever had something you cared about destroyed?
     How did that feel?
     Did anyone help you?

  You might also ask questions about the vandalism itself:
     Why do you think someone would wreck Play Lady's yard?
     Why would they write "go home" on her trailer, when that is her home?

◆ While it's important for children to help others, it's also important for children to have the time to do their own work—to "just play." How can you provide these opportunities? Do children in your school or neighborhood have a safe place to build, dig, pretend, talk, and meet one another?

Una nota a padres, maestros y otros proveedores

¿Se acuerdan de un adulto que en su niñez haya hecho una diferencia en su vida? Pudo haber sido una maestra, un vecino, un familiar o un amigo de la familia que se tomó el tiempo para poner atención en sus necesidades, apoyar su creatividad, escuchar sus ideas y que les ayudó a aprender. Al compartir su amor por el campo con los niños y ayudarlos a escribir sus ideas y sentimientos, Jane Kurosawa ha hecho la diferencia. Cuando era ella la que necesitaba ayuda y atención, los niños supieron qué hacer.

Podemos enseñar a los niños a crear un mundo más seguro, un lugar de cuidado o podemos enseñarles a los niños a vivir con temor cuando algo no va bien. Qué se puede compartir con los niños para ayudarlos a ser parte de una comunidad. Aquí hay algunas maneras para usar las ideas de *La Señora Juguetona* en la casa o salón de enseñanza:

◆ Ayudar a los niños a asistir a otros es la mejor manera de elevar su auto-estima. ¿Como se puede asistir a los niños para que ellos puedan ayudar a los vecinos, amigos u otros niños? Ellos pueden cocinar, limpiar, dibujar hacer cuentos y regalos.

◆ Cuando los niños quieran expresarse, ayúdenlos a escribirlo. ¿Dónde pueden poner sus cuentos y pancartas?

◆ Háganles preguntas a los niños sobre sus sentimientos. Por ejemplo, usted puede preguntar
   ¿Cómo se sintió la Señora Juguetona cuando su jardín fue destruido?
   ¿Cómo se sintió cuando los niños la ayudaron a reparar su jardín?
   ¿Han tenido algo que fue destruido y ustedes lo apreciaban?
   ¿Cómo se sintieron?
   ¿Quién los ayudo?

Usted también puede hacer preguntas acerca del vandalismo mismo:
   ¿Por qué creen ustedes que alguien querría destruir al patio de la Señora Juguetona?
   ¿Por qué escribirían "Vete a tu casa" en su carromato cuando esa era su casa?

◆ Aunque es importante que los niños ayuden a otros es importante que ellos tengan tiempo para hacer sus propios deberes—"sólo jugar." ¿Cómo pueden proveer estas oportunidades? ¿En sus escuelas o comunidades hay un sitio seguro para construir, cavar, pretender, hablar y reunirse con otros?

Anti-Bias Books for Kids
*Teaching Children
New Ways to Know the
People Around Them*

Libros Anti-Prejuciosos para Niños
*Enseñando a los niños nuevas maneras
para llegar a conocer a las personas
que los rodean*

Anti-Bias Books for Kids are designed to help children recognize the biases present in their every-day lives and to promote caring interaction with all kinds of people. The characters in each story inspire children to stand up against bias and injustice and to seek positive changes in themselves and their communities.

Los Libros Anti-Prejuiciosos están diseñados para ayudar a los niños a reconocer los prejuicios que existen en su vida diaria y para promover el cuidado en las interacciones con todo tipo de personas. Los personajes en cada cuento inspiran a los niños a enfrentar los prejuicios y las injusticias y alienta cambios positivos en ellos mismos y su comunidad.

Play Lady
La Señora Juguetona
by/por Eric Hoffman
illustrated by/ilustrado por Suzanne Tornquist
translated by/traducido por Carmen Sosa Masso

The neighborhood children help Play Lady
when she's the victim of a hate crime.

Los niños de la comunidad ayudan a la Señora Juguetona
cuando ella es víctima de un crimen motivado por el odio.

No Fair to Tigers
No Es Justo Para los Tigres
by/por Eric Hoffman
illustrated by/ilustrado por Janice Lee Porter
translated by/traducido por Carmen Sosa Masso

Mandy and her stuffed tiger ask for fair treatment.

Mandy y su tigre de peluche piden un trato justo.

For more information call/Para más informatión llame
1-800-423-8309